AVANT-PROPOS.

J'AI lû à Paris les Observations sur la Musique,
les Musiciens & les Instrumens, & me suis fait une loi
d'y répondre par esprit de Pa-
triotisme. Je n'ai consulté aucun Musicien, dans la persua-
sion où je suis que beaucoup
en usurpent le nom. Je de-
mande grace à mes Lecteurs,
& les prie très - instamment
d'avoir égard au zèle qui m'a-
nime : trop heureux si je par-
viens à leur être utile, en leur
découvrant des hommes à ta-

ſens, dont mon Auteur n'a-
voit pas daigné parler , & en
faiſant une plus exacte Analyſe de tous les Inſtrumens.

RÉPONSE

AUX

OBSERVATIONS

SUR

LA MUSIQUE,

LES MUSICIENS

& les Inftrumens.

A AVIGNON.

M. DCC. LVIII.

RÉPONSE

AUX OBSERVATIONS

Sur la Musique, les Musiciens, & les Instrumens.

 'AUTEUR des Ob-
servations commen-
ce par dire très-élé-
gamment, qu'il n'en-
trera point dans les
disputes éternelles &
fatigantes qui ont agité les différens Partisans de la Musique
Françoise & Italienne. Il fait cependant un long préambule avant
de dire que la meilleure Musique
est celle, dans laquelle un beau
chant suit exactement la régle ;

A iij

d'ailleurs, que chaque Nation a ſon Idiôme muſical, qui eſt parfaitement relatif à l'Idiôme naturel, duquel le bon ſens ne permet pas de s'écarter en compoſant.

M. Rouſſeau de Genêve, dont le vrai mérite & les talens nous étoient connus bien avant l'Ouvrage dont parle l'Obſervateur, n'auroit-il pas été partial ? quand il a prétendu proûver l'excellence & la prééminence de la Langue Italienne ſur la nôtre : les combats littéraires auxquels il a été expoſé nous en ſont une preuve preſque certaine.

Je laiſſe dire mon Auteur, & paſſe aux Muſiciens qui ſe ſont conſacrés aux Inſtrumens ; il ne me paroît pas avoir aſſez de connoiſſances acquiſes pour juger auſſi ſouverainement qu'il le fait trèsſouvent, il prend pour des écarts d'imagination, d'un Compoſiteur ſans génie, des traits qu'il regarde comme impraticables, & qui ce-

pendant plaisent journellement
aux Connoisseurs, & déterminent
le plus ou le moins de mérite des
Muficiens, par la façon & la facilité de les rendre, la netteté & la
qualité du fon qu'ils tirent. Je
crois effectivement qu'il faut entendre un Muficien plus d'une
fois pour en pouvoir fainement
juger : fi beaucoup de perfonnes
partoient de ce principe, on n'é-
leveroit pas fi facilement les
Etrangers jufqu'à la perfection ;
nous en avons un exemple récent,
mais peut-être on en reviendra.

Paffons aux Orcheftres, &
commencons par celui de l'Opera.
L'Obfervateur me permettra de
n'être pas de fon avis, quand au
nombre des perfonnes dont apparemment il le voudroit voir
compofé ; je vais le dépeindre tel
qu'il eft, pour mettre le public à
portée d'en juger. Il y a feize Violons, cinq Flutes & Hautbois,
deux Corps de Chaffe, fix Quin-

tes , quatre Baſſons , un Clavecin , trois Violoncelles d'accompagnement , huit autres du grand
Chœur & une Contrebaſſe , une
Trompette, des Tymbales, une
Muſette , & un Tambourin quand
il le faut. Je doute que les voix
s'accommodent aiſément d'être
accompagnées par un grand nombre d'Inſtrumens , qui ſonnant
très-doux chacun en particulier,
font un enſemble très-fort. A l'é-
gard des appointemens , ils ſont
certainement trop modiques pour
exciter l'émulation , & les Di-
recteurs qui ſe ſont autrefois trouvés dans la même poſition s'en
ſouviendront ſûrememt , & ce
ſouvenir les portera à avoir pour
leurs anciens Confreres les mêmes
égards dont ils ſe ſeroient trouvés
flattés dans le tems ; ils s'aſſure-
ront par là un nombre d'excellens
Sujets capables de travailler à la
ſatisfaction du Public. Leur gloire
y eſt attachée , & leur propre in-

térêt l'exige : ces deux motifs
font bien preffans.

Quoiqu'en dife l'Auteur, les autres Orcheftres méritent à peine
ce nom ; cependant celui de la
Comédie Italienne & de l'Opera
Comique peut faire quelquefois
beaucoup de plaifir par le choix
de la Mufique qu'on y exécute.

Parlons maintenant du Violon,
& de ceux des Modernes qui fe
font acquis la réputation d'en
bien jouer. Je laifferai Baptifte &
Senalié, de qui la façon de jouer
nous devient peu intéreffante ;
les Ouvrages du dernier cependant font encore confacrés à l'é-
tude des Ecoliers de fix mois, les
Baffes en font fort bien faites, &
ne font point de lui.

Le Clair eft certainement celui
à qui les Artiftes en ce genre ont
le plus d'obligation, il eft le premier qui ait joint l'agréable à l'u-
tile dans fes Ouvrages ; il eft très-
fçavant Compofiteur, & joue la

double corde d'une maniere à laquelle il eſt difficile de parvenir, il avoit l'heureux enſemble de l'archet & des doigts , beaucoup de juſteſſe, & s'il eſt poſſible qu'on lui reproche un peu trop de froid dans ſa façon de rendre : c'eſt un vice du tempérament , qui pour l'ordinaire eſt le maître abſolu de preſque tous les hommes.

Guignon , & Cuillemain ne ſont point au-deſſous de l'éloge qu'en fait l'Obſervateur ; le dernier même a conſervé des choſes que les infimités & l'âge ont ſans doute fait perdre à Guignon.

Cupis a réuni une force de doigts ſupérieure, avec une adreſſe ſinguliere d'archet : quant à la façon de rendre , il a les cadences très-belles , & les fait ſans peine, il a du goût , de plus a trouvé un genre d'agrément qui eſt devenu ſéduiſant en ſes mains , & qui ne reuſſiroit peut-être pas à un autre, la compoſition ne lui eſt pas fami liere, au reste il est bon Lecteur.

Dauvergne est grand Musicien, mais il n'avoit acquis de talens pour le Violon, qu'autant qu'il en falloit pour remplir honorablement une place à l'Opéra, & dans un Orchestre en général, il s'est attaché depuis, plus particuliérement à la composition, à laquelle il a parfaitement réussi, & son dernier Opéra, Enée & Lavinie, dans lequel il y a des morceaux que Rameau s'applaudiroit d'avoir faits, l'éleve à l'immortalité. Il ne nous laisse plus que le désir de lui voir suivre la même carriere, & de n'entendre dorénavant que de bonnes choses à l'Opéra.

Mondonville a si peu conservé de ces précieux talens pour le Violon, dont parle l'Observateur, qu'à peine se souvient-on qu'il en ait eu. J'ai cependant ouï dire qu'il se servoit fort rapidement de son archet, & ses Concertos l'indiquent assez ; il a travaillé à la

compofition., & a très-bien réuffi
dans le genre du Motet ; fon
Opéra de Titon & l'Aurore mérite
de grands éloges , & il à l'agrément de voir fes Piéces de clavecin chéries , & dans les mains des
meilleurs Maîtres.

Pagin en imitant Tartini auffi
fcrupuleufement que le dit l'Auteur des Obfervations , avoit pour
ainfi dire paffé le but ; perfonne
n'a cherché , & réuffi mieux que
lui à finir le jeu. Il fçavoit faire
un tableau qui plaifoit aux oreil-
les , autant que ceux des plus fameux Peintres plaifent aux yeux
des Connoiffeurs : il tiroit un beau
fon , & partout également beau.
Le tems d'ignorance où l'on étoit
par rapport à la Mufique Italienne, quand il a joué au Concert Spirituel, lui a feul attiré un defagré-
ment , qui nous a pour toujours
privé de l'entendre ; dans ce tems
un très-grand Prince , Protecteur
des Talens & des Arts, lui offrit
une

une place honorable dans fa Mai-
fon, & répara l'injuftice qu'on
lui avoit faite, par la protection
dont il l'honora.

L'Auteur des Obfervations
connoît affez bien Gaviniés, il en
a fait l'analyfe la plus exacte, &
un éloge fincére, ou du moins
qui le paroît. J'ofe dire cependant
que ce n'eft point par infuffifance
que Gaviniés prive le public du
plaifir de l'entendre, des raifons
particulieres l'en ont empêché,
il eft bon Citoyen, il s'en feroit
fait un devoir, & même un fin-
gulier plaifir. Quant à la compofition, l'Obfervateur n'a pas certainement entendu tous fes Ouvrages, ou n'a pas pû les bien juger.

Madame la Dauphine dont le
goût fin eft guidé par de grandes
lumieres, leur a accordé fon fuf-
frage, & notamment lui demanda
il y a quelques années une de fes
Sonates, tant elle avoit eu de
plaifir à l'entendre. Je convien-

B

drai cependant de bonne foi, que
les voyages & la lecture forment
singuliérement un jeune homme,
qu'ils lui donnent l'usage du monde; mais Gaviniés l'avoit, ayant
pratiqué très-jeune tout ce qu'il
y avoit de plus grand, qu'auroit-
il donc acquis ? peut-être un peu
plus de célébrité, & certainement
beaucoup plus d'argent, s'il eût
voyagé.

L'Abbé le Fils, dont mon
Auteur n'avoit pas cru devoir parler ouvertement, mérite cependant d'être mis au rang des habiles
Gens. Il s'est appliqué à un genre
très-utile dans la Société, qui est
l'accompagnement de la Voix, &
du Clavecin, & certainement il y
excelle, en dépit de ceux qui se
plaisent à débiter qu'il joue litté-
ralement les Caprices de Locatelli,
sans pouvoir faire plaisir en jouant
un simple Menuet. Il est grand
Musicien, & seroit devenu un des
plus sublimes Violons de son siécle,

s'il s'étoit appliqué davantage à l'expreſſion qu'exige la Sonate, & ſurtout l'Adagio.

Piffet le jeune qu'on a oublié très-préciſément dans les Obſervations, y auroit mérité cependant une place ; il joue fort bien du Violon, il a du goût, compoſe bien, d'ailleurz aſſes jeune pour être encouragé par de vrais éloges.

Tarade & Lemiére, ſe ſont fait entendre au Concert Spirituel, & les Auditeurs judicieux en blâmant le choix de Muſique qu'ils avoient fait, ont rendu juſtice à leurs talens ; ils ſont bons Muſiciens, & peuvent s'acquérir beaucoup de réputation, s'ils travaillent. Lemiére ſurtout doit s'y trouver excité, par les ſincéres applaudiſſemens qu'il voit donner tous les jours à ſa Sœur.

Il ſe forme tous les jours à Paris une grande quantité de jeunes gens, & même d'enfans qui par

les talens qu'ils font paroître,
ont lieu de fe promettre d'heureux fuccès pour la fuite.

L'Auteur des Obfervations connoît parfaitement les chofes effentielles à l'education , il infifte
beaucoup fur la Mufique & les
Inftrumens, peut-être prêche-t'il
pour lui-même ; cependant il auroit pû nous dire , que non feulement la Mufique fait éviter les
defordres auxquels fe livrent journellement les gens defœuvrés,
mais encore que par fa mélodie
elle forme les jeunes cœurs à toutes les impreffions qu'on leur veut
donner, qu'elle adoucit le caractere , chaffe l'ennui qui ne vient
que trop fouvent nous affaillir, &
que furtout elle rend ceux qui la
fçavent parfaitement, agréables,
& même néceffaires aux autres
hommes, ce qui eft un aiguillon
bien fort pour l'émulation.

A l'égard des Maîtres, il faudroit
qu'ils joigniffent à une théorie

raifonnée, une pratique facile, qu'ils puffent communiquer à leurs Eléves. La Méthode dont fe plaint l'Obfervateur, de faire jouer des chofes difficiles aux Ecoliers, eft pourtant très bonne par une raifon bien fimple, qui peut plus peut moins, & d'ailleurs c'eft l'attention que l'on a de rendre les difficultés avec un fon net, qui forme les doigts & l'archet.

Paffons aux étrangers : Nos grands Maîtres doivent moins de reconnoiffance aux chofes, que beaucoup d'entr'eux nous ont fait entendre, que l'Auteur des Obfervations ne paroît le penfer. Cependant plufieurs ont mérité des applaudiffemens fincéres. Je dirai donc fans partialité leur nom, & quel étoit leur mérite.

Somis quand il vint en France il y a quelques années, avoit beaucoup de netteté, un tact admirable, faifoit peu de difficultés,

& n'excelloit pas dans la compofition.

Dégiardini vint à Paris il y a
environ huit ans , il étoit encore
juene , & dès ce tems pouvoit paffer pour habile homme , il avoit
un très-beau tact , un archet fort
adroit , faifant des difficultés , &
les faifant bien ; il étoit grand
Lecteur & bon Compofiteur ; j'ai
ouï dire qu'en Angleterre où il eft
paffé depuis , il a fait des progrès
étonnants.

Chabran nous laifferoit de per-
pétuels regrets fur fa mort , s'il ne
nous reftoit de lui un Livre de
Sonates , dédiées à Monfieur le
Dauphin , dans lefquelles nous le
pouvons voir revivre tous les
jours.

Canavaffe peut être regardé
comme naturel de ce pays, y étant
établi depuis un grand nombre
d'années , & nous devons accu-
fer fa timidité naturelle , qui nous
prive du plaifir de l'entendre auffi

souvent que nous pouvons le souhaiter ; il a une force de doigts supérieure , il est bien maître de son archet , & a la tête meublée des choses du monde les plus séduisantes , de plus il compose assez bien.

Vanmalder Hollandois de Nation , nous a laissé de sensibles regrets sur son départ ; il jouoit fort bien du Violon , & composoit fort bien aussi, plusieurs de ses Sonates répandues à Paris le prouvent évidemment , elles sont d'un genre nouveau & très-agréables.

Vachon ne doit pas être oublié par la célébrité qu'il s'est acquise en débutant au Concert Spirituel cette année. Beaucoup de personnes le croiroient encore sublime , s'il ne s'étoit fait entendre qu'une ou deux fois. Il est cependant bon Lecteur , bon Compositeur , il a du goût ; mais l'on ne doit que l'encourager , sans

flatter fon amour-propre , par
des louanges outrées qu'on s'eft
fait un devoir de lui prodiguer.

Geminiani , eft Ecolier de Co-
relli , il joue du Violon médio-
crement ; mais il eft très-fçavant
& excellent Compofiteur : fes
Ouvrages peuvent lui acquérir le
furnom de Rameau d'Italie, quoiqu'ils ne foient pas en fi grand
nombre que ceux de cet admirable homme.

Stamitz , joue fort bien du
Violon , il eft auffi très-grand
Compofiteur , il nous refte de lui
des Symphonies excellentes , des
Concertos où fe trouvent des difficultés bien amenées , qui n'in-
terrompent point la beauté du
chant : fes Sonates font marquées
au même coin ; il joue fort bien
auffi de la Violle d'Amour, cet
Inftrument a beaucoup d'agré-
mens , furtout dans les mains de
gens fçavans dans l'harmonie.

Marella eft celui qui jufqu'à

préfent en a tiré le meilleur parti ,
il l'a même pouffé jufques à la perfection, il eft à préfent en Irlande.

Paffons maintenant à la Baffe
de Violle , qui fut fi fameufe
autrefois ; je conviendrai comme
mon Auteur , que fon regne eft
paffé : deux hommes cependant
(que je comparerai s'il le veut à
l'Encelade & à Typhon) lui con-
fervent encore des droits fur nos
fens , par la façon dont ils en
jouent. Le premier eft Forcroix ,
dont l'extrême mérite eft très-
bien décrit dans les Obfervations,
excepté le reproche qu'on lui fait
de charger de traits brillants ,
toutes fortes de Baffes. Lui doit-
on faire un crime de cette heureufe
fécondité ? & l'Auteur fera t il
toujours fi ouvertement ennemi
des traits ? Il eft des tems où le
cœur parle, on fe réconcilie alors
avec fes ennemis. Mon Obfervateur me paroît avoir un fi bon
caractere , que je ne puis douter

que, lorſqu'il fera mieux inſtruit, il ne faſſe même les avances pour cette réconciliation.

Le ſecond eſt de Quay le fils, il joue fort bien la piéce, ſa tête lui fournit un peu moins qu'à Forcroix, il en doit accuſer la ſeule nature ; car il a beaucoup d'acquis, il joue auſſi fort bien du Violoncelle, il s'eſt attaché à l'accompagnement, & il y excelle. Il eſt de plus le digne Emule de Mademoiſelle Levy, pour le pardeſſus de Violle, les voix ſont fort partagées entre eux.

Paſſons au Violoncelle ; il y a beaucoup de Maîtres qui en jouent fort bien, mais qui ne ſçavent que jouer ſeuls : à quoi ſont-ils bons ? puiſqu'en remontant à l'origine de cet Inſtrument, nous voyons qu'il a ſuccédé à la Baſſe de Viole pour l'accompagnement de la voix & même de tous les Inſtrumens. Voyons maintenant qui ſont ceux qui ont le mieux réuſſi.

Nous avons eu Baptiſtin , qui
le premier s'eſt fait admirer : le
tems de ſa gloire eſt cependant
trop éloigné , pour qu'il ſoit poſſible d'en faire une exacte analyſe.

Barriere , avoit autant de ca-
price que de talent , il a laiſſé de
fort bonnes Sonates , ſur leſ-
quelles ſe forment tous les jours
d'habiles gens.

Edouard dans un corps très-
chétif , renfermoit boucoup de
mérité , étoit grand Muſicien , &
avoit ſurmonté les grandes difficultés qui lui étoient devenues
familiéres , il accompagnoit auſſi
parfaitement.

Martin jouoit fort bien du
Violoncelle , il avoit de plus un
talent décidé pour la compoſition,
& certainement la mort l'a trop
tôt enlevé.

Patoir joue très-bien la Sonate ,
il accompagne auſſi avec beaucoup d'intelligence ; mais il auroit
dû s'appliquer à tirer une plus

grande qualité de son, il a fait aussi de bonnes Sonates.

Chrétien est à la Chapelle du Roi, il joue facilement des Sonates de Violon très-difficiles, il tire un assez beau son, & pourroit devenir le plus grand homme de son siècle, s'il s'attachoit davantage à l'expression.

Berteau est celui qui ait paru avec le plus d'éclat, il fait de grandes difficultés, joue supérieurement l'Adagio, il est fort maître de son archet, & tire un son étonnant; ses Sonates tant pour le Violon que pour le Violoncelle, sont estimées de tous les Connoisseurs.

L'Abbé Lainé avoit autrefois beaucoup de réputation, & par conséquent du mérite; il s'est restraint maintenant à l'accompagnement, auquel il travaille journellement au petit Chœur de l'Opéra.

Giraud joue bien du Violoncelle, de plus il est Compositeur.

Deucalion

Deucalion. & Pyrrha lui doivent le jour, ainsi qu'à Monsieur le Breton.

Saublay pere est très-bon Musicien, il jouoit la Sonate il y a quelques années ; depuis il s'est particuliérement attaché à l'accompagnement, il a réussi à la grande satisfaction des gens les plus difficiles.

Quant à Davesne, que l'Auteur des Observations place très-adroitement au rang des Violoncelles fameux, il est très-grand Musicien : il a fait des ouvertures pour l'Opéra Comique, qui ont paru bonnes, il nous a fait entendre des Motets au Concert Spirituel, dont quelques-uns ont été goûtés, il a beaucoup de feu, & s'y est trop livré quelquefois, il auroit dû s'attacher plus particuliérement à la régle. Quant à la façon dont il joue, elle n'est qu'ordinaire.

Venons aux étrangers. Lanzett

C

vint il y a quelques années , il jouôit très-bien , il étoit fort difficile fur le choix d'un accompagnateur , tant il regardoit cela comme effentiel ; il nous a laiffé de belles Sonates.

Canavaffe eft dans la même pofition que fon Frere , il eft depuis long-tems fixé dans ce pays, il joue fupérieurement & accompagne très-bien.

Feray le cadet eft pour ainfi dire dans le Violoncelle ce que fon frere étoit dans le Violon , & ce n'eft pas peu dire.

Gratiani a quelque chofe qui parle extraordinairement en fa faveur , c'eft la qualité d'étranger, de plus un air d'importance qui en impofe à coup fûr.

Huberti & Dargent , nous ont fait connoître qu'on pouvoit bien jouer de la Contrebaffe , c'eft un Inftrument fort utile dans les grandes Symphonies. Perfonne jufqu'ici n'en avoit joué comme eux,

& avec tant de facilité.

Gianoti, quoiqu'il en jouât à l'Opéra, avoit un mérite bien supérieur, qui éclipsoit totalement celui-là, c'est d'être sçavant Compositeur, & de plus en état de donner les leçons les plus utiles pour le devenir.

Pour suivre exactement mon Auteur, je commencerai par l'Orgue, dans la description que je vais faire des Instrumens à vent; je dirai cependant (s'il m'est aussi permis de plaisanter) que s'il faut un Zéphir pour les autres, il faut un Aquilon pour celui-là : je suis cependant émerveillé de sa beauté, & de son étenduë. Personne jusqu'ici n'a mieux sçu le faire valoir que Calvieres, il étoit grand Harmoniste, & avoit une tête admirable : Couperin le fils l'a suivi de très-près, & mérite de grands éloges.

Les deux freres Rameau peuvent être mis dans la même classe,

il y en a un à Dijon, celui d'ici s'eſt
depuis nombre d'années attaché
particuliérement à la Compoſition, & doit certainement paſſer
pour le Prince des Muſiciens
François.

Daquin nous a fait entendre
pluſieurs fois au Concert Spirituel
la fertilité de ſon génie, quoiqu'il choiſît des ſujets ſimples.

Balbaſtre a beaucoup de mérite,
& de plus celui d'avoir eſſayé ſur
l'Orgue, un genre inconnu juſ-
ques-là *, qui a ſatisfait le Public:
au reſte il eſt très-grand Claveci-
niſte.

Le Clavecin eſt un Inſtrument
très-utile dans toutes les Muſiques
de Sociétés, il nous donne cependant le regret de ne lui point entendre un peu plus de tenuë dans
les ſons.

Les Maîtres qui méritent le
plus une grande réputation, ſont
très-bien détaillés dans les Ob-

* C'eſt le genre du Concerto ſur l'Orgue.

fervations, excepté Mademoifelle
de Marce , dont on ne parle
point, de qui les talens & la con-
duite méritent l'eftime & l'amitié
des honnêtes gens.

Je ne conçois pas bien , pour-
quoi l'Obfervateur fait une fi longue narrée fur la Flutte, & qu'il
cherche à la perdre de réputation.
Heureufement pour elle , le pu.
blic connoît fon utilité , & que
pour l'ordinaire elle a la prudence
de ne fe point montrer , où elle
n'a pas affaire, auffi ne la voit-on
point dans les furies , les tempê-
tes , les bruits de guerre , ni dans
les danfes de Matelots ; mon Auteur plutôt auroit dû louer fa re-
tenue. Blavet peut paffer réelle-
ment pour celui qui l'a pouffée à
fa plus grande perfeétion. Taïl-
lard l'aîné , & Raux le fils , font
ceux qui le fuivent de plus près ;
le dernier furtout a des coups de
langue d'une netteté & d'une volubilité furprenante , & s'eft mis

au point de rendre les chofes les plus difficiles.

Puifardin appartient au Roi de Pologne Electeur de Saxe, il joint au talent de bien joüer de la Flute, celui d'en faire.

L'Obfervateur à la fin me perfuadera qu'il eft Peintre, il fe connoît parfaitement à l'accord & à l'effet d'un Tableau, & la comparaifon qu'il en fait avec les Flageolets, petites Flutes, Haubois & Baffons par rapport à la Mufique, eft très-ingénieufe.

Le Haubois a la qualité du fon très-gaie, il peut animer cependant aux combats, par le choix de la Mufique que l'on exécuteroit. Ceux des Maîtres François qui en jouent le mieux font:

Defpréaux pere, qui dans un âge avancé, accompagne encore fupérieurement.

Bureau qui joint le goût à l'exécution. Salentin le fils qui tire beaucoup de fon, & poffede de plus l'heureux talent d'être infatigable.

Raux le fils en joue très-bien aussi, au reste est très-bon Lecteur.

Venons aux étrangers : Les deux freres Pla en jouant du même esprit, formoient un ensemble admirable , de plus ils composoient très-bien & de bon goût.

Prover a été reçu au Concert Spirituel avec de grands applaudissemens, il les mérite certainement , & la place qu'il occupe maintenant à la Musique du Roi en est une preuve.

Besozzi , quoique fort jeune , avoit un talent supérieur, il auroit certainement réussi, s'il avoit mieux connu l'esprit François. Parmi les Bassons , Marliere doit tenir le premier rang, il sçait rendre un beau son , fait des difficultés qu'il fait bien , & monte plus haut que ne le permet ordinairement cet Instrument là , il est à la Chapelle du Roi.

France de Kermazin, parut au
Concert Spirituel avec éclat, il y
a quelques années, & nous avons
eu depuis la fatisfaction de l'entendre feul dans l'Orcheſtre de
l'Opéra Comique ; il jouë paſſa-
blement de beaucoup d'autres
Inſtrumens , il eſt Allemand,
c'eſt tout dire ; car ce font des
Prothées en Muſique.

Brunel , Blaiſe , & Sainſuir,
ont un mérite généralement re-
connu.

Monſieur Cunier Sécrétaire de
Monſieur de la Vallette, en jouë
ſupérieurement auſſi.

L'Obſervateur , qui donne de
ſi bons avis ſur l'embouchure de
ces ſortes d'Inſtrumens à vent,
devroit charitablement faire un
Cours de Chymie, pour compo-
ſer la Pommade ſalutaire., qu'il
compare à la Colophone dont ſe
ſervent les Violons ; il en auroit
un grand débit.

La Guitarre depuis quelques

années est devenue très-à la mode, les Dames, comme le remarque très bien mon Auteur, n'ont pas peu contribué à lui donner la vogue; il n'y a point d'Instrumens en effet, où elles puissent mieux faire voir la beauté de leurs mains que sur celui là.

Rodigués, Portugais de Nation, est l'homme le plus surprenant qu'on ait jamais entendu, il a une tête admirable, & fait des choses d'une volubilité extraordinaire, avec beaucoup d'exactitude, & de netteté. Il a de plus donné au public des principes qui se trouvent chez le Menu.

Jéliotte, Berard le pere, & la Garde, sont après lui ceux qui en ont tiré le meilleur parti, ils se sont attachés à l'accompagnement de leur voix, ils ont réussi; & par-là nous ont rendu cet Instrument fort agréable.

Mon Auteur ne sçauroit apparemment se passer de faire de mé-

chantes plaifanter es qui tombent
tout de fuite d'ell s-mêmes, il ne
fçait point faire de diftinction
de tems ni de lieux , il veut que
dans une Salle auffi vafte que celle
de l'Opéra , il faille chanter à de-
mie voix comme dans un apparte-
ment , & cela , parce que ceux
qui ont quelque connoiffance de
l'Anatomie, fouffrent, & craignent
à tout moment des accidens, pour
les Chanteurs & Chanteufes: ce
font des puérilités qu'il ne paffe-
roit certainement pas à un autre;
ainfi je lui confeille d'avoir le
cœur moins bon , & de renoncer
à fes connoiffances anatomiques,
il a daigné cependant rendre une
exacte juftice au mérite de Jéliotte
& de la Garde , qui joignent aux
talens acquis , tous ceux qui ren-
dent aimables dans la Société.

Bérard le pere , dont il ne
parle qu'en paffant, nous a donné
fur le chant , & la prononciation,
un traité , qui pourroit être très-

utile à beaucoup de perſonnes ;
on doit lui ſçavoir gré d'avoir bien
voulu mettre ſes connoiſſances au
jour, pour l'inſtruction publique.

Il auroit été plus convenable,
que l'Obſervateur paſſât ſous ſi-
lence la Vielle & la Muſette, que
d'en parler comme il fait ; il n'a
pas réfléchi, que quand on réuſ-
ſiſſoit dans le monde, on étoit
toujours très-eſtimable, à quelque choſe que l'on ſe fût appliqué,
& qu'on méritoit par conſéquent
de jouir en paix du fruit de ſon
travail.

Charpentier & Chedeville ſont
les deux qui ont acquis le plus de
réputation pour la Muſette, la
parure de cet Inſtrument ne lui
doit faire aucun tort dans les bons
eſprits, & ſa conſtance pour les
tons d'*ut* & de *ſol*, eſt un mérite de plus, puiſqu'elle nous
rappelle l'heureux tems d'Aſtrée,
où l'on étoit conſtant.

Dangui, Ravet & Bâton,
doivent de grands remercimens à

mon Auteur, pour le sublime éloge qu'il fait de leur mérite, ils ont, dit-il, surpassé les Savoyards; chose étonante! & de laquelle je lui conseille d'être encore long-tems surpris.

La Harpe peut passer pour l'Instrument le plus ancien, il est très-harmonieux, les Allemands le pratiquent encore, & nous en avons un à Paris qui en joue supérieurement, il est attaché à Monsieur de la Paupliniere.

Nous leur devons encore la connoissance des petits Corps de Chasse, qu'on a employés très-utilement dans les Symphonies; Hébert & Steinrnetz nous ont fait entendre plusieurs fois des Solo, qui font un très-bon effet.

Ce furent encore deux Allemands, qui pour la premiere fois nous firent entendre des Clarinettes au Concert Spirituel, ils étoient fort habiles ; mais le son de cet Instrument ressemble beaucoup

beaucoup à celui de da Flutte à l'Oignon.

L'Observareur auroit dû nous dire, que les Tymbales, les Tambours & les Trompettes nous faisoient ressentir la puissance que le bruit avoit sur nos sens; ces Instrumens sont faits pour émouvoir presque tous les hommes; car il en est bien peu qui s'élévent au dessus de da multitude.

Grand Dieu que vois-je! quelles profondes connoissances j'apperçois dans mon Auteur! Il parle des Triangles & des Sonettes Chinoises, il prétend même que ce sont elles qui nous ont procuré ces beaux Ballets, tant à la Comédie Italienne, qu'à l'Opéra Comique; on ne peut tirer une plus judicieuse conséquence d'une si belle hypotese.

Cependant qu'il me soit permis d'admirer avec tout le monde, une Chaconne dansée avec

D

de belles attitudes , & des pas
reguliers, par le grand Dupré ,
ou bien par Veſtris.

J'avois toujours crû avant de
lire les Obſervations, que le Tam-
bour de Baſque venoit de Biſ-
caye ; quant au Fifre & au Tambourin , j'ai peine à me perſua-
der , qu'ils ayent fait un ſi long
voyage que celui de la Chine,
pour s'en venir faire une mince
fortune en Europe , à moins que
ce ne ſoit pas par belle paſſion.

J'admire le motif qui fait juger
à l'Auteur , de l'impreſſion que
doit faire ſur nous le ſon des Gre-
lots , d'après celle qu'il fait ſur
les Mulets , cela eſt profond.

Quoique l'eloge de Monſieur
de la Paupliniere ſoit mal amené
dans les Obſervations, je conviendrai de bonne foi , qu'il s'eſt acquis une place dans tous les cœurs
par les bienfaits qu'il s'eſt fait un
plaiſir de répandre ; & les Muſiciens ne peuvent ſouhaiter autr

chofe, que de lui voir fournir une longue carriere dans le monde.

L'Obfervateur prétend, que les Concerts ont été la fource de beaucoup de difputes, & de différens partis fur la Mufique ; je crois au contraire, que c'eft le feul amour que les hommes ont ordinairement pour leurs propres opinions, qui les a pû caufer. Je conviens cependant, que ce font les feuls endroits, où l'on puiffe bien juger les Muficiens ; mais je me garderai d'imaginer, qu'avec de l'efprit, on puiffe manquer de fentiment, qui nous porte à juger, fi les chofes que nous entendons nous font plaifir ; cela feroit abfurde : on peut cependant avec beaucoup d'efprit(n'ayant aucune connoiffance des régles, d'un Art auffi difficile que la Mufique) ne pas fçavoir comparer une bonne chofe avec une meilleure.

Mon Auteur eft partial, il nous impute des jugemens que

D ij

que nous n'avons jamais prononcés ; car tout le monde élevé, se plaît à entendre des paroles Italiennes, sous de la Musique du même Pays ; on voudroit même quelquefois, que ces paroles eussent plus le sens commun, la Loi doit être égale pour notre Langue, qui ne peut souffrir de Musique étrangere, que dans fort peu de cas.

Les Dames ont des droits si bien établis sur nos cœurs, qu'il ne leur est pas nécéssaire d'acquérir des talens avec beaucoup de peine, pour se concilier nos suffrages ; & l'Observateur en homme galant, auroit pû s'épargner d'inutiles plaisanteries, le respect humain devoit même les lui interdire.

Je ne conseillerois pas aux Bouffons, de venir dans ce pays pour faire leur fortune ; nous en avons fait une épreuve trop dure, pour ne pas craindre tout ce que

porte ce nom ; l'Auteur à cela
va s'écrier ; c'est la lie des bouffons que vous avez vûe , je lui ré-
pondrai , que les bons fortent ra,
rement de leurs Pays , à moins
que ce ne foit par l'appas d'un
gain très-confidérable dans une
cour étrangere. Il en eft de même
ici des bons Conrédiens.

L'Obfervateur eft atrabilaire ,
& très-courroucé contre les Concerts particuliers , il oublie même
ce qu'on doit à la Société , il veut
lui retrancher fes plaifirs les plus
innocens ; ne devroit-il pas fçavoir que nous avons notre vo-
lonté libre , qui nous permet de
ne point aller , quelque part où
nous pouvons nous ennuyer ?
Dailleurs doit-on trouver mau-
vais , qu'on encourage les enfans
qui montrent quelque talent ; ne
doit-on pas fe prêter à la foibleffe
humaine ?

Je fuis enfin tenté de croire ,
qu'il n'a jamais entendu que des

Concerts à bouts de chandelles,
par la defcription qu'il en fait, il
auroit dû craindre qu'on ne prît
les mêmes idées fur fes Obfervations , que les Lecteurs ne pâ-
tiffent , qu'ils ne s'ennuyaffent,
& pour y remedier , ne fermaf-
fent le Livre , & ne le confinaf-
fent pour jamais , dans un coin
poudreux d'une Bibliotheque.

Je crois avoir analyfé tous les
Inftrumens , dont a parlé très-
fuperficiéllement mon Auteur ; je
n'en exclurai pas comme lui le Si-
flet , je prétens bien qu'on s'en
ferve contre moi fi j'ai tort : c'eft
l'Inftrument , dont le fon eft le
plus propre à récompenfer bien
des Ecrivains ; quel droit l'Obfervateur n'a-t-il pas acquis ?

F I N.

Errata

pag. 9 & joüe — lisés — & a joüé

pag. 25 Lanzett — lisés — Lanzeti

pag. 26 ferray — lisés — ferrari

pag. 27 Zephir — lisés — Zephire

pag. 40. Ceque — lisés — Cequi

www.ingramcontent.com/pod-product-compliance
Lightning Source LLC
Chambersburg PA
CBHW060841180626
46818CB00004B/1536